MH

Nautile

(nouvelle)

Éditeur : BoD-Books on Demand
12-14 rond-point des Champs-Élysées, 75008 Paris
Impression : Books on Demand, Norderstedt, Allemagne

Illustration : Nautile gravé (Dreamtime)

ISBN : 978-2-3222-3358-8
Dépôt légal :Juillet 2020

Anvers , 1879 .

Lorsqu'il voit Mr Christie , inerte , face contre terre et qu'il remarque la tache sombre qui commence à imprégner la neige autour de Peter étendu immobile , Gustave comprend qu'il n'y a plus rien à faire ... ou plutôt qu'il ne lui reste plus qu'une chose à faire : fuir !!

Ni Gustave , ni Peter n'ont envisagé que le gringalet Mr Christie allait se défendre . Encore moins qu'il cachait une arme dans sa redingote . Le plan était que Peter le menace de son couteau pendant que Gustave , le visage masqué d'un bandeau et armé d'un gourdin au cas où leur cible crierait , s'empare de la bourse et le ligote avant de s'enfuir .

C'est dans l'atelier d'orfèvrerie où Gustave travaille comme tailleur de pierres qu'il a vu Mr Christie pour la première fois . Gustave a compris, en entendant une conversation entre son employeur Mr Frey et cet homme , qu'il est britannique et est chargé de déposer un lot de pierres brutes à l'atelier pour une taille .

Les commanditaires sont de riches commerçants anglais qui ont séjourné en Inde , alors sous domination coloniale britannique .

Il est vrai que les pierres précieuses sont

présentes dans la culture indienne depuis des millénaires mais là-bas , on préfère en préserver la forme et le poids plutôt que de les facetter .

Gustave est un ouvrier très apprécié pour la qualité et la délicatesse de son travail .

Depuis toujours , il aime la gravure : sur des morceaux de bois, des manches de couteaux, des têtes de pipes ... Sa minutie et sa créativité font des merveilles .

C'est d'ailleurs par le remarquable travail qu'il a effectué sur une des pipes de Mr Frey qu'il s'est fait remarquer , puis a été formé en atelier .

Dans un premier temps , on l'a initié à la gravure sur métaux précieux , puis devant l'excellence de ses résultats , il a été formé pour devenir lapidaire .

Ce qui caractérise le plus Gustave est qu'au premier coup d'oeil sur une pierre brute , il sait quelle taille lui convient pour révéler toute sa couleur , son éclat et sa brillance .

Oui , depuis plusieurs années , Gustave est un excellent ouvrier mais son maigre salaire suffit à peine à payer son loyer et quelques vivres .

Alors , lorsqu'il voit les pierres superbes apportées par Mr Christie , il entrevoit l'opportunité d'une petite fortune . Il y a là deux rubis , quelques améthystes et surtout une pierre de plusieurs carats que Mr Frey nomme un «saphir de Birmanie ». Si Gustave ignore où se situe ce pays, il a de suite reconnu une gemme d'exception .

Cela fait un peu plus de deux semaines que Mr Christie passe régulièrement à l'atelier pour suivre l'évolution du travail . D'ordinaire , il arrive et repart en calèche depuis son auberge, mais depuis trois jours, les importantes chutes de neige empêchent le déplacement de son attelage habituel . Mr Christie emprunte donc à pied un trajet qui a été dégagé pour les rares passants . Peter a repéré cet itinéraire qui emprunte une venelle sombre et peu fréquentée . C'est l'endroit que lui et son frère ont choisi pour leur méfait . Or , hier , Gustave a terminé le travail et il sait donc que c'est aujourd'hui que Mr Christie vient récupérer les gemmes : c'est aujourd'hui qu'ils vont mettre leur plan à exécution .

Mais voilà ... rien ne se passe comme prévu . Contre toute attente , Mr Christie , loin de se laisser paralyser par la peur face à ses deux assaillants , sort promptement sa petite arme de la poche intérieure de sa redingote et fait feu pratiquement à bout portant . Peter , voyant l'arme , se précipite sur lui mais la balle l'atteint au moment même où sa lame pénètre l'abdomen de Mr Christie ...

Oui , fuir ! fuir et se faire oublier !!

Car lorsque Peter sera identifié , le rapprochement avec son frère Gustave sera immédiat . Gustave retourne le corps de Mr Christie , fourrage dans sa redingote et en sort la petite bourse où cliquettent les pierres . Il se débarrasse du gourdin , jette un dernier regard à son frère et s'enfuit ...

Sydney , mars 2010

Meg se souvient qu'elle a toujours vu ce coquillage chez sa grand-mère Ellen lorsqu'elle lui rendait visite . Il était posé dans le salon , en retrait , sur le haut d'une étagère et déjà enfant , elle le trouvait énigmatique et magnifique .
« Granny » refusait qu'on le déplace . Meg a appris plus tard que c'était un cadeau d' un aïeul , mais sa grand-mère avait toujours refusé d'en dire plus ... Aujourd'hui , après le décès de celle-ci , les formalités de succession sont terminées . Personne n'a été surpris que Granny Ellen ait , entre autres dispositions et legs , transmis le coquillage à Meg , son unique petite-fille .
Meg l'a rapporté chez elle , prenant soin de bien le protéger pendant son transport . Elle peut à présent l'observer en détails , tout à loisir : les découpes ajourées et les gravures fines qui

ornent ce nautile . Elle y découvre un trois mâts sous voiles , des oiseaux de mer , des flots bordant un rivage jalonné de cocotiers , une rose des vents stylisée , une curieuse citation et une date : 1892 ...

Le nautile est à présent posé sur sa table de chevet : c'est la dernière vision qu'elle a chaque soir avant d'éteindre sa lampe .

Sud du cercle polaire arctique , 1882

Comme il s'y attendait , Gustave n'a eu aucun mal à se faire embarquer sur un petit chaland qui rallie Anvers au débouché de l'Escaut , sur la Mer du Nord .

Le capitaine avait besoin d'aide pour embarquer ses marchandises à bord au plus vite afin de profiter du jusant , avant que les eaux ne gèlent ...

Une fois là-bas , après quelques jours à traîner sur les quais , Gustave a trouvé un embarquement sur une goélette pour rejoindre la Norvège .

Il savait que les morutiers y embauchaient sans poser de questions et partaient pour des campagnes de pêche de plusieurs mois vers l'Islande .

Les conditions de travail à bord étaient terribles : le froid , l'humidité , le manque de sommeil du aux cadences de travail infernales, la promiscuité , l'odeur écoeurante des poissons et des appâts , la nourriture déséquilibrée , les maladies ... Mais au fil du temps , Gustave est parvenu à oublier l'horreur de ce qu'il avait fait .

C'est la troisième campagne de pêche qu'il vient d'effectuer . Et comme entre chacune d'elles , Gustave séjourne à Reykjavik où il s'est lié avec un vieux marin autrefois embarqué sur des baleinières . Ils échangent peu puisqu'aucun ne parle la langue de l'autre , mais le vieil homme lui a fait découvrir le travail du scrimshaw : cette gravure ancestrale sur des dents de cachalot ou de morse , ou encore des os de baleines .

Après un long ponçage puis un polissage du support, il grave celui-ci , à l'aide d'aiguilles de voile aiguisées , d'une multitude de points plus ou moins serrés qui sont ensuite imprégnés de la suie de sa lampe à huile pour révéler la gravure .

Plus les points sont serrés et plus le dessin ressort sombre . C'est un passe-temps qui nécessite de longues heures de travail pour arriver à un dégradé entre les zones sombres et les plus claires .

Gustave a trouvé là le moyen d'exercer ses doigts le plus souvent emmitouflés dans des mitaines .

Ce soir-là , un équipage de marins bretons est rentré de sa longue campagne de pêche dans les eaux islandaises . Leurs cales sont pleines mais les hommes sont épuisés ; ils ont perdu deux de leurs équipiers , l'un mort du scorbut , l'autre de l'infection d'une blessure . Ils sont là pour refaire quelques provisions avant de rentrer sur Paimpol .

Gustave approche le capitaine . Il commence par lui offrir quelques tournées d'eau de vie à la taverne , puis après de longues négociations , parvient à payer son embarquement avec un des scrimshaws qu'il a gravés .

Gustave estime qu'il a passé assez de temps en mer et qu'il est temps de revenir sur le continent ...

La Bolle , commune de St Dié , 1886

C'est à l'âge de 14 ans que Félix est emmené , pour la première fois , par son père à la scierie . Celui-ci a dans l'espoir que Félix sera employé , non pas comme sagard , mais pour aider les voituriers à s'occuper des chevaux qu'on utilise pour le transport des grumes depuis les lieux de coupe . C'est aussi pour que Félix ait la possibilité de suivre les cours de Madame Buisson.

Jean Buisson , propriétaire de la scierie alors qu'il n'a pas encore 30 ans , est un homme très épris de sa femme . Gisèle Buisson , qui se voit refuser le bonheur d'être mère, s'est mis en tête d'ouvrir une salle de classe où elle enseignera , une heure par jour , les rudiments de l'écriture et la lecture aux enfants de leurs ouvriers . Son mari n'a pas voulu la contrarier . Avant la promulgation de la loi Ferry , c'est une démarche philanthropique fort honorable qui a vu le jour dans certaines manufactures . Malheureusement , elle rencontre peu de succès , les enfants étant bien souvent trop fatigués par leurs longues journées de travail, aux champs ou en usines .

Finalement , Félix est embauché comme apprenti dans l'atelier de menuiserie de la scierie . Emile Brocard , le chef d'atelier l'a pris sous son aile , ravi de transmettre son savoir . Aujourd'hui , à 21 ans , Félix a pu acquérir de bonnes notions d'écriture , sait lire et envisage même d'apprendre à calculer .

Au début de son apprentissage , l'essentiel de son travail consistait en la réparation des manches de haches et pioches , des charrettes , mais au fil des ans , il s'est diversifié . Les gens du coin n'hésitent plus à leur commander des huches , des coffres , des tables , bancs ... Un jour , Madame Buisson a eu un cadre à réparer . Félix a travaillé de longues heures pour le graver de volutes et d'un décor de feuilles d'arbres . C'était audacieux car il ignorait si elle apprécierait le résultat mais Madame Buisson a été enchantée et n'a pas hésité à le faire connaître dans leur entourage .

Félix depuis lors , n'hésite pas à ajouter , dans la façade ou les pieds ou la ceinture des meubles qui lui sont commandés , des motifs ornementaux divers .

Si Emile reste un bon menuisier , Félix se tourne peu à peu davantage vers l'ébénisterie .

Tout est venu d'une rencontre avec un singulier personnage ... Quelques années auparavant , dans l'auberge du village , Félix avait croisé la route d'un vagabond qui , en échange de repas et d'un toit pour quelques nuits , proposait des couteaux aux manches gravés d'un travail de toute beauté . Il disait savoir réparer les meubles et travailler le bois . Félix , avec l'accord d'Emile , lui avait proposé une remise pour y dormir quelques nuits . Il lui avait donné les pieds d'un berceau à réparer pour vérifier ses compétences et ... n'avait pu qu'admirer les reliefs de coquille que Gustave avait rajoutés dans son ouvrage . Félix avait proposé à Emile d'embaucher Gustave , car tel était son nom , et c'est ainsi qu'avait débuté leur amitié ...

Sydney , avril 2010

Sa mère Ruth l'appelle en début de semaine .
Elle vient de trouver , dans l'un des tiroirs du
secrétaire , un coffret à bijoux dans lequel une
épaisse missive cachetée porte l'écriture de
Granny et lui est adressée , en français :
« À ma petite-fille Meg ».
Il n'était pas rare que Granny s'exprime en
français , avec Meg surtout . Meg savait que sa
grand-mère avait des racines françaises et qu'elle
avait émigré en Australie , par amour , après la
seconde guerre mondiale . Granny l'avait toujours
encouragée à apprendre cette langue et à essayer
de la pratiquer . D'ailleurs Meg a remarqué , sur
les papiers officiels du notaire , que Granny Ellen
s'appelait en fait Hélène ...
Ruth , sa mère , n'a pas ouvert le paquet et ira à
la poste pour le lui expédier .
C'est donc fébrilement que Meg surveille sa boîte
aux lettres depuis et , au courrier du jour , la
missive arrive enfin ...

La Bolle , commune de St Dié , 1887

« Je veux que cela soit une surprise , Félix , pour
l'anniversaire de ma femme : une boîte pour

ranger ses bijoux . Ce doit être une pièce unique .
À toi de choisir un motif qui ornera son
couvercle ... » .
C'est en ces termes que Mr Buisson passe
commande à Félix . Avec Gustave , depuis quelques
années , Félix a découvert le travail minutieux de
la marqueterie . Ils ont commencé par tailler de
fines lamelles de bois d'essences différentes
qu'ils ont collées sur des façades de meubles .
Au fil des mois , leur technique est devenue plus
précise et raffinée .
Gustave parle assez mal le français . Félix sait peu
de choses de lui .
Seulement qu'il est flamand , n'a pas de famille et
qu'il y a une partie de sa vie d'avant qui le
hante ...
C'est un matin , en ne le voyant pas à l'atelier ,
que Félix s'est inquiété . Il a trouvé Gustave dans
la remise qui lui sert à présent de logis . Il était
brûlant de fièvre , parcouru de frissons et
délirait entre deux sanglots .
« Tu comprends Félix ... c'est ma faute s'ils sont
morts !! pour ces pierres , ces maudites pierres ...
vervloekt ... j'aurais du m'en débarrasser ... ma
faute ... ma faute ! Peter : pardon , pardon ...
vergeving » .
Félix a aussitôt prévenu Emile qui l'a autorisé à
venir soigner Gustave en l'hydratant

régulièrement et en le nourrissant de potages revigorants et de pain trempé que faisait apporter Madame Buisson . En quelques jours , la fièvre est tombée et Gustave a repris des forces .

Lorsque Félix l'a interrogé sur ce Peter et les propos qu'il a tenus sur des pierres , le regard de Gustave s'est brouillé et il a dit ne plus se souvenir .... Félix n'a pas insisté .

Gustave a peu de biens : une simple besace avec laquelle il est arrivé des années auparavant et dans laquelle , un jour , il fouille pour en sortir un curieux objet . C'est une dent de morse sur laquelle apparaissent des motifs gravés .

Quelle finesse d'exécution !! pense Félix en admirant le navire à voiles et la figure géométrique qui orne la dent : une rose des vents , dit Gustave .

Gustave nomme cet objet : un scrimshaw qu'il a lui-même gravé , dans une autre vie , quand il était marin ...

Félix choisit de reproduire cette rose des vents comme motif pour la boîte à bijoux .

Il leur faut de très longues heures de découpe , ponçage , polissage , assemblage , collage pour la réaliser mais l'oeuvre terminée est admirable .

Madame et Monsieur Buisson sont enchantés .

Aujourd'hui , ils leur commandent un petit

guéridon et souhaitent qu'il soit orné de cette même rose des vents . Qu'à cela ne tienne !
La rose des vents couvrira l'ensemble du plateau et deviendra la marque du travail de Félix et Gustave : en quelque sorte , leur emblème ...

Sydney , 6 mai 2010

Pour la deuxième fois , Meg relit la lettre de sa grand-mère .
D'une petite écriture serrée , sur de nombreux feuillets , Granny lève le voile sur un pan de son histoire ....

« Ma petite Meg ,
Tu m'as souvent demandé d'où venait ce coquillage et de te parler de ma famille française et je suis toujours restée très évasive , éveillant sans doute encore plus ta curiosité !
Je voulais tout simplement oublier cette partie de nos vies mais je réalise aujourd'hui combien je me trompais . Il est temps que je révèle enfin ce qui fut , pendant trop longtemps sans doute , considéré comme un secret infamant pour ma famille .

Tout remonte à … voyons … si je ne me trompe pas … cela doit être ton arrière-arrière grand-père. Mais pour t'aider à comprendre, je vais te raconter comment j'ai, moi-même, dénoué et retracé l'écheveau de notre histoire …

Mon jumeau Georges et moi avons eu une enfance heureuse et joyeuse à St Dié-des-Vosges. Nous habitions dans la même maison que nos grands-parents Pépé Jean et Mémé Gisèle Buisson et ce sont eux, tout autant que notre mère Anna, qui nous ont entourés d'amour et élevés dans une vie très aisée.

Nous avions, en effet, moins de deux ans, Georges et moi, lorsque notre père est mort. Alors qu'il était à la tête d'une scierie et d'une menuiserie florissantes : « les établissements Buisson », le premier conflit mondial s'est déclenché.

Les troupes allemandes s'étaient emparées de St Dié en août 1914. En réponse à l'invasion, de nombreux civils, dont notre père, avaient décidé d'apporter leur soutien aux troupes du général Dubail en charge de l'armée des Vosges . Pendant plusieurs semaines , ils ont combattu férocement et ont opposé une résistance acharnée pour empêcher l'avancée de l'ennemi . Par leur courage mais hélas avec de nombreuses pertes , ils ont permis les victoires de l'armée française en Lorraine .

Je me souviens que régulièrement notre mère Anna se rendait avec Pépé Jean et Mémé Gisèle au Monument aux morts , Place de La Bolle , pour le fleurir . Il était érigé en hommage à ces hommes courageux morts au combat , parmi lesquels :

Pierre BUISSON 20 août 1888 – 15 septembre 1914.

Pierre Buisson : notre père , mort à 26 ans ... Si notre mère aimait nous raconter comment elle avait rencontré Pierre , comment il l'avait courtisée de longs mois puis épousée , par contre elle restait très évasive sur l'enfance de Pierre . Pépé Jean et Mémé Gisèle en faisaient tout autant quand nous essayions d'en savoir plus sur ce père qui restait un inconnu pour nous . Ils se contentaient de nous dire que Pierre avait été un enfant sage , studieux et plutôt solitaire qui avait illuminé leur vie .

Combien de fois me suis-je revue en toi , quand tu me posais toutes ces questions sur ma famille ! Et comme je le faisais avec toi : ils éludaient les réponses ...

J'imagine que nos grands-parents avaient l'espoir que Georges ou moi reprenions la succession de la scierie et ses ateliers mais ce ne fut pas notre choix ...

Alors que je devenais infirmière , Georges faisait de brillantes études d'avocat .

Mémé Gisèle nous a quittés en premier , tranquillement dans son sommeil l'été 1923 et Pépé Jean en 1925 , peu de temps après avoir vendu son entreprise , nous assurant à notre mère et nous deux de confortables revenus .

C'est un nouveau conflit mondial qui allait bouleverser nos vies , qui allait transformer ma vie ... »

La Bolle , commune de St Dié , février 1888

Père ... cet été , il va être père !!!
Félix , depuis plusieurs mois , est fou de joie ...
Quand il a courtisé Adèle , la fille d' Emile , il n'a
pas vraiment réfléchi à leur avenir . Emile semble
approuver la relation qui s'est liée entre sa fille
et lui .
Pour Emile , Félix a peu à peu dépassé le stade
d'apprenti . Il y a presque même un lien paternel
qui s' est forgé entre eux . D'ailleurs , Emile
envisage de se retirer , peu à peu , de l'atelier et
de le confier entièrement à Félix . Mr Buisson ,
propriétaire de l'atelier , n'y sera certainement
pas opposé . Il faut dire que , grâce aux
commandes d'ébénisterie et objets marquetés ,
l'atelier rapporte de bons revenus à la scierie .
À la fin de chaque longue journée de travail , Félix
passe une bonne heure à confectionner un
berceau : le berceau de son premier enfant ...
Gustave est trop heureux d'apporter son aide à
celui qu'il considère aujourd'hui comme son seul
ami .
Ensemble , ils ont décidé qu'il serait décoré de
leur rose des vents marquetée , mais ils se sont
aussi ajouté un défi supplémentaire : celui
d'insérer une cachette secrète dans un des pieds
courbes qui assurent le balancement du petit lit .

Le mécanisme d'ouverture sera actionné par une pression du doigt au centre de la rose des vents . Cette pression libèrera deux ergots de bois sous le coeur du motif et il suffira alors de soulever le centre du motif pour atteindre la cachette .

Il leur faut de longues heures de labeur avant de rendre le mécanisme opérationnel : tantôt les ergots de bois cassent , tantôt ils se bloquent , mais ils viennent à bout de leur défi .

Adèle découvrira le petit lit et sa cachette lorsqu'elle aura accouché dans quelques mois .

Ce soir , fiers de leur réalisation et fébriles de la naissance attendue , Félix et Gustave décident de braver les petits flocons de neige qui commencent à recouvrir les sentes pour se rendre à la taverne du village ...

Sydney , 7 mai 2010

En fin de journée , Meg refuse d'aller prendre un verre avec ses collègues de bureau pour revenir au plus vite chez elle . Il lui tarde tant de relire les explications de sa grand-mère , de reprendre le cours de son histoire , de s'en imprégner ...

« Lorsque la guerre s'est déclarée , j'étais donc infirmière à St Dié .

Dans les premier temps, notre vie quotidienne n'était guère bouleversée, si ce n'est que nous avions des tickets de rationnement pour l'alimentation, les vêtements et l'essence. Mais grâce aux fermes des environs et leurs potagers, nous pouvions améliorer notre ordinaire. À la signature de l'armistice en juin 1940, St Dié fut occupée. Nous étions du jour au lendemain, dans la zone occupée. Notre maison étant grande, un étage a été réquisitionné par la Feldgendarmerie. J'ai très mal vécu cette situation. Une de mes amies qui avait fait l'école d'infirmières avec moi m'avait parlé d'un mouvement créé en Angleterre à la suite de l'appel du Général de Gaulle : le Corps des Volontaires Féminines. Ensemble, nous avons décidé de partir pour l'Angleterre rejoindre ces forces de la France libre et combattre au même titre que les hommes …

Ce serait trop long de te raconter ces années dans cette unité féminine mêlée aux forces combattantes : j'y ai connu des horreurs , j'y ai connu la peur , les bombardements , mais aussi j'y ai rencontré des femmes admirables , courageuses et passionnées . Et surtout , j'ai rencontré William qui était médecin .

Une poliomyélite contractée lorsqu'il était enfant lui avait laissé une légère claudication qui l'empêchait d'être envoyé au front .

Pendant ma formation en Angleterre , il était présent , bénévole profondément investi dans notre centre d'entraînement et au fil des semaines , nous nous sommes rapprochés et nous nous sommes aimés .

Son visage , son odeur , le souvenir de nos étreintes et de ses caresses m'ont accompagnée durant tout le conflit et dès que la guerre a été terminée , nous avons réussi à nous retrouver à Londres ... Lui aussi n'avait rien oublié .

C'était une évidence : nous étions faits l'un pour l'autre . William a décidé de rejoindre un oncle en Australie et est parti en septembre 1945 . Je l'ai rejoint l'année suivante après avoir réglé toutes mes affaires et surtout après avoir enterrée Maman , Anna , ton arrière grand-mère . Elle et mon frère Georges avaient survécu aux longues années de guerre mais Maman s'était fortement affaiblie . Georges disait qu'elle avait attendu mon retour pour partir en paix ... Finalement , le fait que la maison familiale ait été réquisitionnée l'a sans doute protégée de la destruction . En effet , au départ des dernières unités allemandes de St Dié , ils ont détruit beaucoup d'édifices avec des pains de phosphore ou au lance-flammes pour ne rien laisser derrière eux .

Ils n'ont pas eu le temps de détruire la nôtre , seulement de brûler tous leurs documents et archives avant de fuir .

C'est peu de temps après les obsèques très intimes de Maman et avant mon départ pour l'Australie que Georges et moi avons fouillé le grenier . Il y avait là en vrac des chaises, des malles , des étagères , quelques vieux vêtements et plusieurs meubles auxquels notre mère tenait : un guéridon au plateau décoré , un berceau d'enfant , et un joli coffret à bijoux . Dans le coffret , pas de bijoux mais un coquillage gravé et des documents précieusement ceints d'un petit ruban de satin . Nous avons descendu le coffret au salon et avons délié le paquet : il y avait là des vieilles lettres manuscrites , des coupures de journaux ainsi que des documents d'état-civil .

Tout d'abord , le certificat de naissance de Pierre , notre père .

Pierre , Félix , Emile déclaré au registre d'état-civil de St Dié le 20 août 1888 par Emile Brocard , son grand-père , comme le fils naturel d'Adèle Brocard , âgée de vingt ans . Il apparaissait donc sous le nom de Pierre Brocard puisqu'aucun nom du père naturel n'était mentionné ...

Mais le plus intéressant étaient les annotations en marge de ce certificat . Outre le mariage de Pierre le 8 février 1912 à St Dié avec Anna Delastre , il était annoté qu'en août 1909 ,

Pierre , Félix , Emile Brocard avait été adopté par Mme et Mr Buisson , négociants en bois . Pierre Brocard était donc devenu Pierre Brocard- Buisson qui s'était transformé à l'usage en Pierre Buisson .
Ainsi notre père était -il un enfant naturel qui avait été adopté par les Buisson ... Pour autant , pourquoi une telle réticence à nous en parler ?!

Je m'interrogeais aussi sur le fait qu'au moment de l'adoption , en 1909 , Pierre avait 21 ans ... pourquoi une adoption si tardive ??
Georges m'apprit que jusqu'en 1923 , l'adoption simple ne pouvait se faire qu'entre personnes majeures , ce qui pouvait donc l'expliquer . Mais il me dit aussi qu'il y avait d'autres restrictions à une adoption : seules des personnes de plus de 50 ans , sans enfant légitime , pouvaient adopter et surtout , il fallait avoir donné à la personne adoptée , pendant sa minorité , plus de six années de soins ...

Cela signifiait donc que Gisèle et Jean Buisson avaient apporté à notre père Pierre Brocard, soins et affection pendant sa prime enfance avant de l'adopter.

Ce qui soulevait d'autres interrogations de notre part : comment les Buisson avaient-ils été en relation avec les Brocard ??

C'est en classant la suite de ces anciens documents que nous avons pu retracer les méandres généalogiques de notre famille » …

À bord du «Calédonien» , octobre 1888

« Au terme de l'audience du 20 avril 1888 , la Cour d'Assises du département des Vosges séant à Epinal déclare le nommé Félix , Louis , Marie CLEMENT coupable de coups et blessures , ayant occasionné la mort et le condamne à 6 ans de travaux forcés sans surveillance ... » .

Ces mots , Félix se les remémore en boucle alors qu'il est enfermé à l'entrepont de ce bateau dans une cage avec de nombreux autres détenus pour de longs mois de navigation . Il n'a droit qu'à une sortie par jour et chaque jour qui passe l'éloigne un peu plus de sa famille ... On l'a autorisé , avant son départ pour cette lointaine colonie , à recevoir la visite d'Adèle qui lui a présenté son fils Pierre . Il était si beau , si souriant que Félix a fondu en larmes devant ce bonheur familial qui lui échappait. Il n'a même pas eu le temps de faire les démarches de reconnaissance de paternité . Comment tout ceci est-il arrivé ? Tout est encore si flou dans sa tête ...

Il se revoit avec Gustave , dans la taverne bien remplie en cette fin de semaine . Les bancs sont pleins , les verres se remplissent , les blagues fusent de part et d'autre . Au fil des heures , l'ambiance est devenue plus embrumée , certains commencent à tituber , d'autres fulminent , des plaisanteries grossières fusent , d'autres encore tapent du poing sur leur table . Dans un coin de la salle , Félix a remarqué la présence d'Alphonse , le cordonnier du village qui a été le prétendant d'Adèle il y a quelques années . Adèle l'a éconduit quand elle s'est rendue compte qu'il pouvait se montrer violent et c'est alors qu'elle lui a préféré Félix . Félix et Gustave ont bu plusieurs tournées : d'abord à la santé du futur bébé , à la santé de la mère , et maintenant à l'avenir d'eux deux au sein de l'atelier ...

Tout leur sourit et ils ne peuvent que s'en réjouir .

Après avoir posé quelques pièces sur le comptoir pour payer leurs consommations , Félix et Gustave revêtent leurs pelisses et quittent la taverne . La neige ne tombe plus . Ils parcourent ensemble les premiers kilomètres qui les mènent à la remise de Gustave , dans l'enceinte de la scierie , puis se séparent , Félix se dirigeant vers son domicile . Il partage pour l'instant le logement d'Emile où il vit en concubinage avec Adèle . Une alcôve dans un coin de la pièce principale est réservée au jeune couple . Félix a commencé des travaux pour ajouter une pièce qui leur servira de chambre , ainsi qu'au bébé , mais le chantier n'est pas terminé . Il le sera pour la naissance , cet été . Félix compte , bien sûr , reconnaître leur enfant , mais surtout il veut le légitimer par leur mariage . Pour cela, il continue peu à peu à mettre ses gages de côté qu'il cache précieusement au coeur de la rose des vents du berceau .

Alors qu'il avance lentement sur la route déserte , Félix entend des pas derrière lui et des bribes de paroles enivrées .

« Toi ... sale voleur ! ... elle est à moi , Adèle ... à moi ! Retourne-toi ! ...»

Alors qu'il esquisse un demi-tour , un violent coup au flanc le tord de douleur . Levant les yeux , il reconnaît Alphonse , debout devant lui , le regard brûlant de haine , armé d'un morceau de bois qu'il a du ramasser sur la route . Un deuxième coup , porté plus haut , abat Félix à terre : il a l'impression que son oreille gauche a éclaté ... Reprenant ses esprits , il voit Alphonse lever à nouveau sa massue . Roulant sur le côté , Félix réussit à esquiver la frappe et à se relever péniblement . Ensuite , tout reste vague dans sa mémoire . Ils se battent , échangent des coups , roulent à terre . La hargne d'Alphonse ne fait qu'augmenter . « Je vais te tuer ... sale voleur ... ». Le combat dure de longues minutes jusqu'à ce que Félix saisisse le bois et en assène un grand coup à Alphonse qui , enfin , s'effondre ... Puis , le noir ... sans doute Félix perd-il connaissance ...

Bien sûr , plus tard , il est reconnu que Félix n'a eu aucune intention de nuire . On sait qu'Alphonse était coléreux et pouvait avoir des accès de violence qui lui avaient déjà valu des condamnations pour coups et injures mais il y a eu la mort d'un homme et la sentence tombe en avril : la condamnation aux travaux forcés pendant 6 ans ...

Ce qui signifie à cette époque , pour Félix , la transportation pour la terre d'exil française la plus lointaine : la Nouvelle Calédonie ...

La Bolle , commune de St Dié , janvier 1889

Cela fait trois mois que Félix a embarqué pour sa funeste destination du bout du monde .

Trois mois pendant lesquels Adèle a épuisé toutes ses larmes ...

Elle n'est pourtant pas seule , entourée de l'affection de son père et de Gustave . Et il y a Pierre , ce magnifique bébé qui sourit à la vie . Pourtant chaque fois qu'Adèle le dépose dans son berceau , son coeur saigne .

« Félix ... oh ! Félix ... pourquoi tant de malheur pour nous ...Félix, n'aie crainte : je t'attendrai ...»

Elle a bien trouvé , dans la cache secrète du berceau que Félix lui a indiquée , les économies qui lui ont déjà été d'un grand secours , mais aujourd'hui elle a pris une décision. Aujourd'hui , elle a accepté la proposition de Madame et Monsieur Buisson . Ceux-ci ont été ébranlés par la condamnation de Félix . Ils sont intervenus auprès des autorités judiciaires pour témoigner de son sérieux et de son honnêteté , mais en vain .

Ils ont proposé à Adèle de venir travailler chez eux à St Dié comme domestique pour soulager Madame Buisson et de s'y installer avec son enfant : Adèle a décidé d'accepter . Son père Emile continuera à gérer l'atelier avec Gustave .

Aujourd'hui , Adèle quitte sa maison .

Aujourd'hui, elle commence une nouvelle vie ...

Sydney , 8 mai 2010

Meg se réveille en sursaut dans son salon .
Le jour se lève à peine : elle s'est endormie sur
les feuillets hier soir ... Elle s'étire , se lève et
prépare son café qui passera pendant qu'elle
prend sa douche . Elle a tout le week-end pour se
plonger dans la saga familiale ...
La tasse fume , les toasts sont prêts et Meg
s'assoit en tailleur au pied de son canapé , tous les
documents étalés devant elle . Elle reprend le
cours de sa lecture .

*« Il y avait un vieil article tiré de la Gazette
Vosgienne en date de février 1888 , dans lequel
un fait divers dramatique était relaté .
On y mentionnait qu'au petit matin , à La
Bolle , deux corps avaient été trouvés en orée
de forêt . L'un d'eux était blessé et le deuxième
avait succombé à ses blessures . On supposait
qu'il s'agissait d'une bagarre ayant mal tourné
entre deux hommes épris de boissons .
Un autre article de la même gazette découpé
quelques mois plus tard , en avril 1888 ,
mentionnait la condamnation à 6 ans de*

travaux forcés de Félix Clément , ébéniste reconnu et apprécié de la scierie Buisson , pour avoir accidentellement tué le cordonnier de la même commune . Félix Clément serait embarqué le 5 octobre 1888 pour le bagne de Nouvelle Calédonie .

C'est la mention de la scierie Buisson qui a accroché notre attention à Georges et moi puisque c'était le nom de notre établissement familial , mais quel rapport ce Félix Clément avait-il avec notre famille ??

Une vieille lettre jaunie par le temps ,en provenance de Nouvelle Calédonie , allait nous éclairer ...»

Meg déplie avec grand soin la lettre jaunie mentionnée par sa grand-mère .
Elle a été postée en Nouvelle Calédonie en 1892 et l'enveloppe indique qu'elle provient ... du centre pénitentiaire de Nouméa .

« Camp de l'île Nou , 20 Août 1892

Adèle , ma bien-aimée ,

J'ignore si mes lettres précédentes te sont parvenues mais je ne pouvais laisser passer cette journée particulière sans te rappeler que pas un jour ne s'écoule sans que je ne pense à toi et à notre fils Pierre . Pierre qui fête ses 4 ans aujourd'hui : mon petit homme qui grandit si loin de moi … S'il te plaît , Adèle … parle lui de moi ! Fais en sorte qu'il ne voit pas en moi qu'un meurtrier , qu'un homme mis au ban de la société . Comme je n'ai reçu aucun courrier de ta part , je mets tout mon espoir dans le fait que tu vas bien et que tu es bien entourée , tant par ton père Emile que par Gustave et par Monsieur Buisson et son épouse qui ont toujours été des patrons bienveillants .

J'ai de mon côté bon espoir que ma bonne conduite ici m'octroie une remise de peine qui hâtera mon retour vers toi , vers vous que j'aime tant.

Je t'embrasse , ma bien-aimée et j'embrasse tendrement notre enfant . Attends-moi Adèle … je t'en supplie : attends-moi !

Ton Félix »

Meg est bouleversée .
Ainsi par cette lettre de Félix précieusement conservée par Adèle , Granny Ellen ou plutôt Hélène , a découvert que son propre père Pierre était l'enfant de ce Félix Clément .

Granny Hélène a compris que son père était
l'enfant d'un forçat condamné pour meurtre ...

Île Nou , Nouvelle Calédonie , juin 1889

Le matricule 17856 3ème classe commence sa
journée dans une chaleur étouffante.
Comme elles lui semblent lointaines ses forêts
vosgiennes ...
Pourtant , à son arrivée , Félix a bénéficié , dans
son malheur , des meilleures circonstances .
Le commandant en charge du bagne a ordonné
d'importants travaux de menuiserie dans
l'enceinte du bagne . Plusieurs bagnards 2ème
classe de l'atelier bois souffrant de la diphtérie ,
on a réquisitionné ce nouvel arrivant : matricule
17856 , Félix Clément : menuisier- ébéniste .
Et c'est ainsi que Félix a rapidement renoué avec
son activité habituelle , bien moins contraignante
et difficile que « la fatigue » : ces travaux
pénibles généralement assignés aux nouveaux
arrivés de 3ème classe .
Les travaux d'huisseries et de menuiserie sont
essentiellement ceux afférents au quotidien du
centre pénitentiaire . Cela va de la porte d'un
magasin à changer , aux encadrements de
fenêtres à réparer pour les locaux des gardiens ,
à la réfection des sabords en bois qui obstruent

les ouvertures des cachots , mais aussi à la réparation de brouettes , pioches , chariots , remplacement de bardeaux sur les toits , voire la fabrication des seaux à déjection .

Il demeure cependant un jour que Félix n'oubliera jamais , un travail que jamais il n'aurait imaginé devoir faire ...

Ce jour où on lui demande d'aider à la mise en place et au dressage de « la Veuve » , à l'extrémité de l'allée des cases dortoirs surnommée le Boulevard du crime . Le lendemain est prévue une double exécution .

Félix doit lutter contre la nausée à la vue de la lunette qui maintiendra la tête des condamnés et à la vue du couperet fatal .

Malheureusement , ce ne sera pas l'unique fois où il aura cette tâche funeste à effectuer ...

St Dié , décembre 1889

Adèle est heureuse de son choix . Sa vie chez les Buisson la comble .

Elle effectue ses tâches domestiques dans leur vaste logement , où une belle chambre lui a est attribuée pour elle et Pierre . Pierre qui dort toujours dans son berceau , mais ... s'en échappe de plus en plus pour partir à la conquête de plus grands espaces !

Comme elles ont été surprises , quelques semaines auparavant , elle et Madame Buisson , de le voir débouler dans le salon de son pas encore mal assuré , alors qu'elles le pensaient endormi !

Au fil des mois , Adèle partage de plus en plus d'activités avec Madame Buisson . Et surtout , ses employeurs se sont vraiment attachés à Pierre qui fait résonner la maison de ses rires et de ses premières cavalcades .

Pourtant , Adèle redoute cette fin d'année .

Ce sera le premier Noël qu'elle passera sans son père .

Son père Emile qu'ils ont enterré le mois dernier dans ses Vosges natales .

Emile s'est montré d'un grand soutien pour sa fille , depuis l'arrestation de Félix jusqu'après la naissance de Pierre . Il a accepté l'offre de travail des Buisson et le départ de sa fille et son petit-fils à St Dié avec soulagement et même gratitude . Mais le sort de Félix l'a meurtri et son absence à l'atelier lui a pesé lourdement . Avec Gustave , ils se sont efforcés de maintenir les commandes et ont recruté de jeunes apprentis en formation . Mais Adèle sent bien que la flamme qui les animait et les épanouissait dans leur travail s'est éteinte ...

Et que dire de Gustave !! Depuis le départ forcé de Félix , il n'est plus que l'ombre de lui- même .

Aussi quand la cloche de l'entrée retentit , Adèle ne s'attend-elle pas à cette visite . Elle ne reconnaît Gustave , emmitouflé dans un large manteau , sa besace sur l'épaule , qu'au son de sa voix . Son visage est marqué et il semble avoir tant vieilli !

« Je suis venu te dire adieu Adèle . C'est trop dur pour moi maintenant : Félix , Emile ... je suis seul à présent . Si tu m'autorises , je voudrais voir Pierre une dernière fois .»

Pierre dort mais Adèle ne peut pas refuser cette requête . Elle conduit Gustave au bout du couloir dans leur chambre . À la vue du petit garçon , profondément assoupi dans son berceau , des sanglot secouent le corps tout entier de cet être si secret qui est devenu leur ami . Adèle s'éclipse doucement de la chambre pour laisser Gustave à son chagrin .

Île Nou , janvier 1892

Trois années se sont écoulées depuis l'arrivée de Félix à « la Nouvelle » . De par son travail et sa bonne conduite , il est passé rapidement 2ème classe , échappant aux travaux pénibles de voirie et de remblaiement .

Dans l'atelier bois où il travaille avec d'autres détenus , Félix a découvert des essences de bois locaux : kaori , tamanou , chêne-gomme . S'il est assigné à des réparations diverses , certaines tâches sont plus gratifiantes . Il a ainsi fait des pupitres pour l'école des enfants des surveillants , réparé un des linteaux de la chapelle. Et surtout il a accédé à l'hôtel du Commandant pour y refaire les persiennes de certaines arches . Félix se souvient encore de son arrivée dans ce lieu , habituellement inaccessible aux détenus . Ce jour-là , le temps est magnifique . On accède à la véranda par un bel escalier double en pierres de taille qui offre une vue superbe sur un jardin s'étendant jusqu'au quai avec la chaîne de montagnes qui se dessine au loin . Et pendant quelques instants , Félix oublie son triste sort ... Mais alors qu'il revient pour fixer les persiennes réparées , il remarque dans la véranda un fauteuil à bascule aux patins trop usés pour en permettre le balancement . Il propose alors au chef d'atelier de l'emporter et de le remettre en état . Et le résultat enchante l'épouse du Commandant . Depuis , Félix est assigné à des travaux de réparation ou même de confection de meubles destinés aux logements du personnel de la Tentiaire . Les forçats ont 8 heures quotidiennes en corvées de travaux obligatoires . Ces heures effectuées , certains profitent de leur repos pour s'occuper diversement . Modelages en terre cuite , petits objets d'ébénisterie , sculptures de noix de coco , gravures de nacres : il s'organise ainsi un petit commerce parallèle que l'on appelle la camelote du bagne . Les libérés et les « garçons de famille » , ces détenus dont la bonne conduite leur permet d'être employés chez des particuliers ou des entreprises , servent d'intermédiaires , moyennant une commission , pour écouler ces objets d'art qui rapportent un petit pécule aux condamnés . Si , au départ , ce commerce se fait dans la clandestinité avec du matériel souvent subtilisé dans les ateliers , il est bientôt autorisé et règlementé par l'administration pénitentiaire qui voit là un moyen détourné de vanter les mérites de la réhabilitation par le bagne .

Félix , à l'atelier bois , a à sa disposition tout l'outillage nécessaire : poinçons , guillaumes , burins , ciselets , gouges , ébauchoirs ...

Il se procure tout d'abord des ormeaux et des valves d'huîtres qu'il grave intérieurement . Puis il s'attaque à la gravure de coquillages divers : trocas , murex , conques ... Et bien sûr , grâce à Gustave qui l'a initié à la technique du scrimshaw , Félix possède une expérience unique .

Les épouses des surveillants militaires , suivies bientôt de celles des hauts gradés de l'administration , n'hésitent pas à passer commande auprès de lui . Les objets délicats de sa création sont soit destinés à la décoration de leurs intérieurs , soit repartent dans leurs bagages en fin de séjour en guise de cadeaux pour les familles .

Par un commis aux livraisons de victuailles , Félix a pu se procurer un lot de coquillages parmi lesquels un , en particulier , est de toute beauté : un nautile . Félix n'en a jamais vu auparavant et une idée lui vient aussitôt à l'esprit . Il sait que dans quelques mois , le surveillant en chef Mr Duroc et sa famille repartent sur la métropole : ils lui ont , pour cette raison , commandé une gravure sur nacre sur laquelle Félix est en train de travailler . Félix a donc décidé que c'est une occasion inespérée de faire parvenir à Adèle et Pierre une preuve que jamais il ne les a oubliés . Au lieu de récupérer , auprès de Mr Duroc , le petit pécule de son travail , il lui demandera de faire parvenir cet objet à ses proches : le nautile qu'il va poncer , poinçonner , graver , ciseler de toute la force de son amour pour les siens .

Sydney , 8 mai 2010

Ainsi donc , Meg est la lointaine descendante d'un bagnard ...

Curieusement , elle prend cette nouvelle avec fatalisme et n'en éprouve aucune honte .

Après tout , le poids de cette condamnation n'a pas à être supporté par les générations qui ont suivi !
Elle reprend les explications de Granny .

« *Tout s'éclairait pour Georges et moi : Pierre notre père , adopté par les Buisson car il était le fils d'un de leurs ouvriers Félix Clément , condamné au bagne pour avoir tué un homme . Même si l'article de presse expliquait que la mort de cet homme avait été accidentelle , la condamnation avait envoyé Félix à l'infamie du bagne ...*

Il faut que tu comprennes bien , Meg , qu'à cette époque , en France tout comme en Australie , avoir un condamné au bagne dans sa famille était une chose honteuse que l'on cachait , que l'on enterrait par le silence , que l'on espérait effacer par le secret .

Nous comprenions à présent pourquoi tous ces non-dits de Maman et de nos grands- parents . Le coquillage était enveloppé dans une lettre froissée sur laquelle je reconnus cette petite écriture appliquée de Félix :

« Adèle, ma bien-aimée

On dit de ce coquillage qu'il date de la nuit des temps . Je l'ai travaillé avec tout mon Amour pour qu'à chaque fois que tu le regardes, nos pensées communient , ainsi te rappelleras-tu , si besoin l'en est , combien je t'aime et combien vous me manquez .

À toi pour l'éternité ,

Ton Félix »

C'est à ce moment-là que Georges décida de me confier le coffret et son contenu . Pour sa part , il choisissait de faire comme s'il ne l'avait jamais ouvert . Pour lui , notre père resterait Pierre Buisson , fils des Buisson , honorables négociants déodatiens : cet homme mort bravement au combat .

À cette époque de ma vie , j'étais occupée
fébrilement à organiser mon départ pour
l'Australie , tout à la joie de retrouver
William , alors j'ai décidé moi aussi de taire
ce passé et de me tourner vers mon propre
avenir ».

St Dié , Décembre 1892 ,

Au courrier du jour , Adèle reçoit un petit paquet qui a été posté à Paris . Une lettre l'accompagne : Mr Duroc lui explique qu'il vient de terminer sa mission au camp pénitentiaire de Nouméa comme chef-surveillant militaire et qu'il tient la promesse faite à un des détenus Félix Clément . Détenu dont il loue la bonne conduite et les aptitudes dans son travail ce qui explique qu'il ait accepté de faire cette livraison .
Emballé dans une lettre de Félix , Adèle découvre une pièce magnifique : le plus beau des coquillages qu'elle ait jamais vu . Les reflets irisés de sa nacre changent selon l'angle sous lequel on le regarde , ses ciselures l'ajourent finement telles des motifs de dentelle , les détails des gravures attestent d'un soin minutieux à représenter des paysages tropicaux qui lui sont inconnus .

Sous la date 1892 , un petit message est gravé :
« Au coeur de ma rose , un trésor est caché ,
Avec force appuyez , pour vous le révéler »...
Adèle comprend qu'il fait référence à la cachette
du berceau de Pierre .
Elle reconnaît la rose des vents sur le coquillage ,
elle lit la lettre qui l'enveloppe et elle pleure …

Camp de l'Île Nou , 8 mars 1893

«Aaaah….non ! non... pourquoi?...».
L'alarme est donnée , on entend des coups de
sifflets aigus , des pas précipités , les surveillants
affluent vers l'atelier .
Félix gît à terre , les deux mains en sang sur le
ventre , il halète …
Un de ses codétenus vient de le poinçonner .
Celui-ci dira par la suite qu'il ne supportait plus de
voir le « succès » de Félix qui ne cessait de
recevoir des commandes de gravures .
On disait même qu'il allait être nommé chef de
l'atelier bois . La jalousie , tout simplement qui se
transforme peu à peu en rancoeur et en haine …
Des images lui viennent en flash : le sourire
d'Adèle , les forêts vosgiennes , le berceau et sa
rose des vents , le visage buriné de Gustave , le
nautile …

Il hoquète , ses yeux se voilent , il se dit que jamais il ne verra son fils grandir et il rend son dernier souffle .

Ce 8 mars 1893 , l'administration pénitentiaire du camp de l'Île Nou a le regret de faire savoir que Félix , Louis , Marie Clément , matricule 17856 est décédé des suites de blessures à l'arme blanche . Le détenu Jean Bellec reconnu coupable de l'agression sera guillotiné le 10 avril de cette même année au camp pénitentiaire de l'Île Nou .

Sydney , 8 mai 2010

Meg comprend l'attitude de sa grand-mère et l'approuve même : après tout , Granny sortait d'une longue période de conflit mondial . Elle quittait la patrie pour laquelle elle avait combattu , elle partait pour un lointain pays retrouver l'homme qu'elle aimait , elle allait écrire sa propre histoire . Alors , pourquoi s'encombrer de ce fardeau familial ?

« Sur le bateau qui m'emmenait vers ma nouvelle vie , j'ai emporté dans mes malles le coffret ainsi que le joli berceau trouvé dans le grenier .

Je pensais alors que , si la vie nous comblait William et moi , nous pourrions y coucher nos propres enfants …

Le coquillage a trouvé place en haut d'une étagère en tant que cadeau de famille , le coffret avec son contenu est resté dans un tiroir de mon secrétaire et le berceau a endormi tour à tour ta tante Robyn puis ta Maman Ruth .

William n'a jamais rien su ; je ne voulais pas que , de par cette ascendance , sa famille puisse penser qu'il avait fait une mésalliance , puis les années passant , je n'ai jamais trouvé l'occasion de lui en parler et j'ai peu à peu tout oublié .

Aujourd'hui , je me dis que c'était une erreur car notre amour l'un pour l'autre était si profond que rien n'aurait pu l'altérer .

Aujourd'hui , je me dis que Pierre était le fruit d'un immense amour entre Félix et Adèle et qu'à ce titre il n'avait pas à être privé de son héritage familial . Aujourd'hui , je me dis que le temps a passé , William est parti l'an dernier et ce sera bientôt mon tour .

Avant mon départ , quelqu'un doit connaître cette histoire : puisque tu t'y intéressais Meg , tu es en droit de connaître la vérité et de décider ce que tu voudras en faire ... »

St Dié , mai 1893

En cette belle journée de printemps , Jean et Gisèle Buisson sont installés dans le salon , le petit Pierre jouant à leurs pieds . Lorsque la cloche retentit , ils entendent Adèle quitter la cuisine pour se rendre dans l'entrée .
La porte s'ouvre , des propos feutrés sont échangés et la porte se referme . Puis quelques minutes de silence s'écoulent avant qu'un long cri presqu'inhumain ne retentisse , suivi aussitôt d'un bruit mat . Ensemble , ils bondissent du sofa et se précipitent dans le hall d'entrée pour y trouver Adèle inanimée , une lettre s'échappant des doigts . En voyant l'en-tête officiel du Centre Pénitentiaire , ils comprennent aussitôt ...
Dans les mois qui suivent , Adèle n'est plus qu'une ombre , tout juste survit-elle en pensant à son petit Pierre . Les Buisson font tout leur possible pour l'aider , la soutenir , la ramener au présent mais rien n'y fait . Adèle ne cesse de s'enfoncer dans son chagrin , elle n'a plus la force de vivre ,

même pour son enfant .

Un matin , ils la trouvent dans son lit , le visage paisible tourné vers Pierre qui dort encore , le nautile posé au creux de ses mains . Adèle a rejoint Félix ...

Sydney , septembre 2010

Meg se souvient encore de la réaction de sa mère et de sa tante Robyn . Elle leur a fixé rendez-vous chez sa mère Ruth , et a pris soin d'apporter le coffret et le nautile .

Elle a , en effet , fait le choix de révéler aux filles de Granny le passé de leur aïeul : Félix Clément . Les deux femmes sont captivées par tout ce qu'elles apprennent et sont très touchées par les lettres émouvantes de Félix conservées par Adèle d'abord , puis par leur mère Hélène . Et tout comme Meg le pensait , ni l'une , ni l'autre ne voient dans leurs origines la moindre raison d'éprouver de la honte . Après tout , il s'agissait d'un cas de légitime défense avec , même , des circonstances atténuantes . Autres temps , autres mœurs ... So what ?

C'est alors qu'elle détaille de près le nautile que Tante Robyn se souvient d'avoir déjà vu cette même rose des vents , mais où ?? Ruth l'observe à son tour et réalise qu'il s'agit du même motif que celui gravé sur le berceau rangé au grenier !

Ainsi tout comme le nautile gravé par Félix , le berceau est aussi une de ses réalisations .

Mais alors ... que penser de l'étrange inscription du nautile :

« Au coeur de ma rose , un trésor est caché , Avec force appuyez , pour vous le révéler » ??

Il n'en faut pas plus à l'imagination des trois femmes pour se demander : et si la rose des vents du berceau cachait un trésor ??

Le berceau dort depuis presque trente années dans le grenier . Tante Robyn n'a jamais eu d'enfant et Ruth a perdu son mari dans un accident de voiture lorsque Meg avait tout juste 8 ans . Meg a donc été le seul bébé à y dormir . Ensemble , elles montent à l'étage . Au bout du couloir se trouve la trappe menant dans les combles aménagées en grenier . Meg déploie l'escalier , ouvre la trappe et les trois femmes grimpent sous la soupente . Le berceau est là , sous une poutre , protégé d'un grand drap qu'elles enlèvent . C'est vrai qu'il est beau !! Pourtant aujourd'hui c'est avec un regard nouveau , à la fois nostalgique et ému , qu'elles le voient . Son vernis est toujours intact et , parallèles à ses pans , les deux morceaux de bois courbes impriment encore au meuble son mouvement de tangage . C'est dans l'épaisseur de l'un d'eux que la rose des vents se révèle . Meg a le coeur qui bat . Elle caresse tout d'abord le motif en réalisant le nombre d'heures de travail minutieux qu'il a fallu à Félix pour en venir à bout . Puis , repérant le centre de la rose des vents , elle appuie fermement de son pouce . Un léger clic et le coeur se désolidarise du motif pour s'enfoncer légèrement puis remonter pour à peine dépasser . Elle le soulève , tel un couvercle , révélant ainsi une petite trappe ...

Epilogue

Nouvelle Calédonie , novembre 2010

Meg , sa mère et sa tante ont échafaudé toutes sortes d'hypothèses , mais jamais elles ne sauront vraiment qui était ce Gustave , ni l'origine du contenu de la bourse .

Le mot qui l'accompagnait ne donnait pas vraiment d'explications : « Félix , si ces pierres ont tourmenté ma conscience toute ma vie , elles te permettront d'en commencer une nouvelle à ton retour . Ton ami , Gustave ».

L'expertise des gemmes n'a pas pu révéler leur origine mais leur qualité et en particulier le poids et la pureté du saphir étaient , aux dires des experts , exceptionnels . Leur vente a permis d'en tirer une très belle somme .

Meg a pu s'acheter un joli petit appartement dans le quartier prisé de Double Bay et sa mère et sa tante ont fait une croisière dans les Caraïbes .
Mais surtout , Meg a décidé de revenir sur les traces de son passé .

Là voilà aujourd'hui en Nouvelle Calédonie , ce pays voisin , à seulement quelques heures d'avion . Elle a beaucoup lu de documentations sur le passé colonial et pénitentiaire de cette île française . Pour ses recherches , elle est entrée en contact avec Jacques , maître de conférence à l'Université de Nouvelle Calédonie et bénévole auprès de l'Association «Témoignage d'un passé». Passionné par cette époque de l'histoire de la Nouvelle Calédonie , il lui a été d'une aide précieuse et lui a fourni de nombreux documents d'archives . D'ailleurs , elle a rendez-vous avec lui ici , à Nouville , sur le site de l'ancien bagne pour enfin le rencontrer .

Difficile d'imaginer que ce cadre paisible et verdoyant a été un lieu de souffrance et de désespoir pour beaucoup .

Elle est venue en avance pour s'imprégner des lieux , seule dans un premier temps .

Il est indiqué sur un panneau que cette jolie demeure en pierres , accessible par un bel escalier double , était autrefois le domicile du commandant du bagne : l'hôtel du commandant .

Aujourd'hui , le temps est magnifique . Elle est là , sur cette véranda , qui offre une vue superbe sur un jardin s'étendant jusqu'au quai avec la chaîne de montagnes qui se dessine au loin .
Et pendant quelques instants , Félix est là , à ses côtés ...